AF592563

DE L'INFLUENCE

DE LA SCÈNE

SUR

LES MOEURS EN FRANCE,

Mémoire

DE MADAME CAROLINE RATYÉ;

COURONNÉ PAR L'ATHÉNÉE DES ARTS,
le 17 mai 1835.

PRIX : 1 FR. 50 CENT.

PARIS,
CHEZ MADAME CARDINAL, LIBRAIRE,
RUE DES CANETTES, Nº 18.

M DCCC XXXVI.

IMPRIMERIE DE H. FOURNIER et Comp.,
RUE DE SEINE, N° 14.

DE L'INFLUENCE
DE LA SCÈNE
SUR
LES MŒURS EN FRANCE.

Si nous honorons le mensonge dans nos spectacles, nous le retrouverons bientôt dans les engagemens les plus sacrés. (*Paroles de* SOLON *à* THESPIS.)

Inspiré sans doute par cette pensée, l'Athénée des sciences, des lettres et des arts, demande: *Quelle est l'influence de la scène sur les mœurs en France?*

J'essaierai de résoudre une question aussi grave, aussi éminemment morale et politique, en invoquant l'autorité des faits accomplis, et en présentant, avec l'action du drame sur les mœurs, la réaction des mœurs sur les compositions dramatiques.

Le législateur d'Athènes avait compris toute cette influence quand il indiquait à Thespis l'écueil qu'il devait éviter, et justifiait les restrictions imposées aux libertés du théâtre dans le lieu même où il avait pris naissance. Aux fêtes de Bacchus, les premiers dithyrambes, œuvre d'une imagination poétique, mais souillée du délire de l'ivresse et des sarcasmes de la populace des bourgs de l'Attique, retentissaient aux oreilles de la multitude étonnée. Athènes, dans sa prévoyance, arrêta cette licence et plaça le théâtre, encore dans son enfance, sous la direction de son premier archonte.

Et ce fut du sein de ces bacchanales d'où jaillissaient parfois des éclairs de génie, qu'on vit s'élever l'art dramatique, grand et sublime !

Les compositions étaient soumises à l'archonte; il en réglait toutes les parties, il rejetait ce qui pouvait nuire à la morale publique ; le peuple n'entendait au théâtre que de saines maximes qui l'excitaient aux vertus, au respect des dieux et des lois.

C'était encore l'archonte qui était chargé du choix des acteurs et de la distribution des rôles, tant que l'auteur n'avait pas été couronné dans l'une des solennités d'Athènes ou de la Grèce, et n'avait pas acquis, par ce succès, le droit d'être admis au partage de ce privilége.

Tant de soins montraient l'importance que le gouvernement attachait aux représentations dramatiques, et l'intention manifeste d'associer les poëtes à la cause des mœurs et des lois; ils y furent long-temps fidèles. Depuis Épicharme, qui le premier fit une action principale des faits répandus dans des scènes détachées, jusqu'au siècle de Périclès, le théâtre fut vraiment une école de vertus, de grandeur et d'héroïsme pour la jeunesse athénienne. Les mères pouvaient y conduire leurs filles, sans craindre que leur pudeur fût offensée par de hideux tableaux, par des scènes dégoûtantes d'obscénité.

Les principaux caractères d'Eschyle et de Sophocle surpassent tout ce qu'il est possible d'imaginer de grand et de sublime. Euripide, Magnès, Cratès, Phérécrate suivirent la ligne tracée par la législation: Cratinus, Eupolis, Aristophane s'en écartèrent les premiers, en introduisant la satire personnelle sur la scène; soit que, d'abord timide, elle ne blessât que d'obscurs citoyens ou les ennemis des chefs de l'état, les magistrats ne la réprimèrent point, et ne le firent que lorsque, abusant de leur tolérance ou fière de leur complicité, elle souleva l'indignation publique par ses excès. Une extrême rigueur alors succède à une mollesse extrême, et au lieu d'expulser la satire, l'art lui-même fut banni d'Athènes.

Un second décret corrigea la méprise du premier, interdit les personnalités; et par un troisième, toute offense envers les magistrats fut défendue.

Issu d'un sentiment religieux, l'art dramatique grossier, barbare, vague, inaperçu à son berceau dans les campagnes de l'Attique, grandit, paré de grâces, d'élégance, brillant de génie. Athènes lui ouvrit ses portes, l'investit d'une magistrature protectrice des lois de l'État et des mœurs publiques. Mais son immense influence le soumettant à l'obsession de passions vives et ambitieuses, à la poursuite d'une autorité élective contre lesquelles les magistrats d'abord ne le défendirent pas, il fut enfin subjugué.

Ainsi commença chez les Athéniens la réaction des mœurs sur la scène, et lorsqu'on compare son effet à ce qu'elle a produit en France, on serait tenté de féliciter les poètes grecs de n'être descendus qu'au rôle d'espions domestiques et de délateurs au théâtre.

Quoiqu'en arrière des auteurs dramatiques de nos jours dans la carrrière licencieuse ouverte par Cratinus, ils y furent arrêtés par les deux derniers décrets, et par le sort d'Anexandride condamné à mourir de faim pour les avoir transgressés en parodiant au théâtre ces paroles d'une pièce d'Euripide: *La nature donne ses ordres, et s'inquiète peu de nos lois*, substituant au mot de *nature* celui de *ville*.

Châtiment sévère, il faut en convenir, pour un refus de soumission à la censure du premier archonte et à la loi protectrice de ceux qui tenaient les rênes du gouvernement.

Après avoir rempli la Grèce de leurs pompes, après l'avoir instruite de leur puissance en civilisation, les muses dramatiques s'introduisirent à Rome, sans y pouvoir vaincre la rivalité que leur suscita le féroce spectacle des combats à mort des gladiateurs; mais bientôt les barbares ravagèrent la métropole du monde: ensevelies sous les ruines de l'empire, elles restèrent sans voix.

Et ce ne fut que lorsqu'une faible lumière perça la nuit profonde du moyen-âge qu'elles reparurent, mais pâles et défigurées, méconnaissables, ne conservant rien d'elles-mêmes; et pourtant on eût pu les montrer brillantes comme aux jours de leur gloire, puisqu'elles étaient créées. Mais dans ce siècle d'ignorance et de fanatisme, les moines seuls étaient instruits. Soit haine ou prévention contre tout ce qui portait le cachet du paganisme, soit pour d'autres motifs que je ne discuterai pas puisqu'ils sont étrangers à la question de ce mémoire, les modèles de nos maîtres restèrent poudreux au fond des cloîtres, et l'art descendit une seconde fois aux tréteaux de l'Attique (1).

A l'époque de la renaissance du théâtre en France, les premières inspirations ne furent pas dithyrambiques. Pas un trait poétique, pas une seule étincelle de génie ne jaillit de ces grossières profanations des mystères de la Foi; les moralités, les farces, et toutes les plates compositions qui suivirent, présentent la même stérilité de

(1) Je ne prétends pas attaquer ici la religion à laquelle je suis attachée de conviction et de cœur. Je cite seulement un fait reconnu par tous ceux qui ont un peu étudié l'histoire. Les moines, dans des vues qu'ils ont pu croire utiles alors, ont évidemment retardé le progrès des lettres.

pensée, de sentiment et de poésie. L'influence de la scène alors était nulle par sa pauvreté.

Chez les Grecs, l'art protégé par la législation fit de rapides progrès; chez les modernes, arrêté sans cesse dans sa marche par la politique du gouvernement, il resta stationnaire pendant plusieurs siècles. Mais les obstacles opposés aux lettres ne firent qu'en retarder le développement.

Au moment où l'ambition des cours de France, d'Espagne et d'Angleterre soulevait les nations; au sein des orages civils, au milieu du choc des partis, Pierre Corneille se leva de toute sa hauteur. Pierre Corneille, l'égal d'Eschyle en sublimité, son supérieur dans l'art de se maintenir à toute son élévation. — Noble Neustrie, tu le vis dans tes bras ornés des palmes cueillies aux champs d'Asting; puis s'élevant du vol de l'aigle dans les plus hautes régions, il plana sur son pays comme un modèle de civilisation et de progrès.

Soumis aux commotions de son époque, le poète y puisa ces traits si profondément pervers, qu'un talent inimitable rend encore plus odieux par leur contact avec des caractères si beaux, si grands, si parfaitement héroïques.

Qui peut pousser plus loin l'amour de la patrie que le père des Horaces? le sacrifice de la plus impérieuse des passions que Sévère? le devoir conjugal que Pauline? l'amour fraternel que les deux fils de Cléopâtre?

Le tableau de si hautes vertus, que relève encore la puissance du génie, laisse nécessairement une impression profonde dans l'ame du spectateur. Corneille parut à l'aurore du siècle de Louis XIV, et son influence créa des poètes, des orateurs et des héros. Il est impossible de nier la grandeur et l'éclat d'une époque qui honore la nation française ; mais il est impossible aussi de ne pas reconnaître qu'à travers tant de gloire les mœurs de la cour pouvaient être plus pures, et nous en voyons le reflet dans les compositions de Racine.

Aux accens impératifs du devoir dont Corneille avait rempli la scène, le Sophocle moderne fit succéder la voix touchante du sentiment ; intéressant le spectateur au combat incertain où l'amour et la vertu s'engagent. L'esprit de galanterie, introduit sur la scène, affaiblit le caractère des personnages, en lui donnant cette flexibilité qu'exclut le despotisme des grandes passions. Les héros de Racine sont plus aimables que ceux de Corneille, mais ils étonnent moins; leurs discours sont plus classiques, mais ils ont moins de verve et d'autorité.

Le public voulait que les demi-dieux et les héros de l'antiquité judaïque et païenne eussent ses formes, et si Racine, pour plaire à la cour et au public, en altéra les images en leur donnant la couleur des mœurs françaises, il réagit simultanément sur les générations à venir, par la pureté de son goût, l'élégance de son langage et la perfection de ses tableaux.

Molière, le régénérateur du genre comique, et le contemporain de Racine, conserva son indépendance. S'isolant de son siècle, il attaqua sans pitié les vices et les travers de la société partout où il les trouva. Il parodia les ridicules de la noblesse; il apprit aux femmes à ne pas confondre le charme de l'esprit avec l'affectation, la science avec le pédantisme; et les femmes le comprirent. Il châtia la vanité avec moins de succès, et le *Bourgeois Gentilhomme* n'a corrigé personne; il faut s'en prendre à la nature rebelle d'une maladie si profondément enracinée dans le cœur des Français : jadis il y eut des Jourdains, nous en avons encore aujourd'hui, et on en trouvera toujours.

Et lorsque son incisive ironie démasquait la sottise, pensait-il qu'il ne donnait à chacun des spectateurs que le malin plaisir de montrer du doigt son voisin? Mais le rieur devenu lui-même l'objet des railleries universelles, le but était rempli, et la sottise flagellée.

Avouons-le; la comédie est bien rieuse pour en imposer aux vices que contiennent à peine le sombre appareil des cours d'assises et l'exécuteur de leurs sentences; Molière le sentit, et quand il attaqua le plus hideux de tous, l'hypocrisie, il quitta le persiflage. Tartuffe n'est point comme Monsieur Jourdain un personnage risible, c'est un monstre exécrable qui soulève l'indignation : il fallait être doué d'un certain courage pour oser montrer ainsi à nu l'ame d'un faux dévot, à une époque où les tartuffes n'étaient pas rares, et l'opprobre dont Molière les couvrit fut une bonne leçon pour les mœurs.

Il s'oublia dans *le Misantrope*, et exerça malheureusement sur les mœurs une influence qu'il ne prévoyait pas, en rendant ridiculè l'âpre probité d'Alceste, et en couvrant l'égoïsme de Philinte, du manteau de la bienveillance.

L'action de la société sur l'écrivain me paraît évidente ici. Molière, employé à la cour, vivait parmi des courtisans accoutumés à cette maxime consacrée dans les palais des rois : *Pas de bruit si je n'en fais*. Cette maxime ne pouvant tolérer la brusque franchise d'Alceste, et n'admettant que la souplesse de Philinte, l'honnête homme fut sacrifié ; Rousseau le lui reproche dans sa Lettre à d'Alembert sur les théâtres.

Entre l'école de civilisation fondée par les Grecs, rétablie et conservée par Corneille, Racine, Molière, et notre nouvelle école, la France eut aussi son Euripide. Je n'examine pas si les principes émis par Voltaire ont été utiles ou nuisibles à l'humanité, je ne parle que de leur influence qui fut immense. Il fit une révolution dans l'art dramatique en introduisant la philosophie sur la scène. Cette innovation, tempérant par le raisonnement l'emportement naturel des passions, leur donna un caractère nouveau. Voltaire, qu'autorisait l'exemple d'Euripide, ne le suivit pas en tout ; plus délicat dans le choix de ses sujets, il rejeta en général ces grands coupables qui ne peuvent rapprocher de la vertu que par l'horreur qu'ils inspirent, mais qui peuvent aussi faire avancer dans le crime.

« Il y a du bon dans cette pièce, disait un avare assistant à l'une des représentations de Molière, elle offre d'utiles leçons d'économie. »

La répugnance de Voltaire à donner au public cette

dangereuse instruction, mérite notre reconnaissance; son respect pour les mœurs, nos éloges et notre admiration; car, il faut le dire, le vice alors infectait la nation, et siégeait impudent au conseil de son roi. Cependant, trois comédies qui nous restent de lui ne reflètent nullement la débauche et la corruption de la régence et du règne de Louis XV, et sont une preuve de ce qu'un esprit supérieur peut conserver de liberté, lors même que ses succès dépendent du public. A cette époque, on dévorait les ouvrages obscènes; on avait abandonné le Théâtre-Français pour les *pointus*, les *Cadet Roussel*, etc., et si le spectacle de la débauche n'était pas admis sur la scène, on voulait des équivoques, des allusions assez gazées pour cacher le cynisme, mais assez visibles pour mettre à nu le libertinage.

Un déplorable échange se faisait alors entre les auteurs et le parterre; ils lui rendaient les caricatures de tous les originaux qu'il leur avait prêtés, et ces sales images de ses mœurs, ces niais propos du bas peuple gâtaient au moins l'esprit et le goût.

Le public se compose de deux classes, les hommes faits qui vont chercher des distractions au spectacle, et sur lesquels la scène n'a plus d'action; la jeunesse qui va y puiser de bonnes ou de mauvaises leçons. Cette jeunesse si brillante, si pleine d'avenir, l'espoir de son pays, si vos théâtres la corrompent, n'êtes-vous pas responsables de ses erreurs? La jeunesse est impressionnable, et les premières sensations s'effacent difficilement; ne lui en donnez que de vertueuses, afin qu'elle les retrouve dans l'âge mûr. Les Grecs l'avaient si bien senti qu'ils avaient fait de leur scène une institution nationale.

Enfin, la verve railleuse de Beaumarchais rappela les spectateurs au Théâtre-Français. Les grands eurent leur tour, et furent mis en scène chargés de leurs vices, de toute leur immoralité, percés des traits malins de Figaro. Tout le monde sait que Beaumarchais exerça une grande influence en proclamant au théâtre la supériorité de l'intelligence.

Je crois avoir prouvé l'action mutuelle et souvent inégale de la scène sur les mœurs, et des mœurs sur la scène. Il reste donc à voir quel est en France le rapport actuel de ces deux puissances sociales.

Le théâtre n'est certainement pas en ce moment l'expression de la société. Nos mœurs sont douces; on trouve sans doute quelquefois en France, et à de grandes distances, des homicides: mais ce n'est qu'au théâtre qu'ils se pressent, et que tous les forfaits réunis en un seul être, forment une hideuse individualité, et calomnient la nation.

Ainsi donc, l'objet du drame aujourd'hui n'est pas de peindre les mœurs, ni de les épurer, mais d'en exagérer la perversité au point que le plus grand scélérat sortant du spectacle serait content de lui.

Les auteurs semblent s'être mis au défi, et lutter entr'eux à qui mettra sous les yeux du public le plus d'horreurs et d'obscénités; ils y épuisent leur imagination, ils y consacrent leurs veilles. Il serait difficile de faire un choix parmi ces immorales productions. Je ne parlerai ni de *Hernani*, ni *du Roi s'amuse*, ni de *Lucrèce Borgia*, œuvres d'un grand génie qu'on est forcé d'admirer même dans ses écarts; la célébrité qu'a eue *la Tour de Nesle* fixera mon choix.

L'histoire accuse une reine de France d'avoir vécu dans la plus infâme débauche; on l'exhume, on la montre au public non seulement souillée de ses crimes; mais usant des libertés poétiques, l'auteur la charge d'atrocités dont aucun monument historique ne fait mention. En effet, une reine adultère, se procurant des jeunes gens par un proxénète de son sexe, se livrant la nuit à de scandaleuses orgies, et faisant chaque matin assassiner ses amans pour s'assurer de leur discrétion, n'eût offert qu'un tableau pâle. Il a fallu donner de la couleur, remplir le cadre par le parricide, l'inceste et l'infanticide.

Marguerite, jeune fille, se prostitue à son page, elle devient mère; son père la gêne, elle le fait égorger par son amant. Reine de France, elle mêle au sang de son père le sang de ses enfans, et celui de tous ceux qui sont assez malheureux pour lui plaire. Je ne parlerai pas du ministre Marigny, légalement pendu au gibet de Montfaucon, c'est un accessoire qui passe inaperçu au milieu de tant de crimes. Le public était déjà instruit que la reine avait des assommeurs, chargés de faire passer de ses bras dans la Seine les compagnons de ses orgies nocturnes; il avait déjà entendu Marguerite dire à Philippe d'Aulnay son fils et l'un de ses amans: « Je viens avant que tu n'expires te donner le plaisir de connaître ta maîtresse et celle qui t'a donné la mort. »

Ce discours d'une atroce ironie, la victime pâle et sanglante, tout cela forme un tableau aussi horrible que repoussant, et quand un pareil spectacle n'aurait que le danger d'accoutumer le peuple au sang, et de le familiariser avec le crime, ne serait-ce pas un motif suffisant pour le condamner?

Les deux grandes figures de ce drame sont Marguerite et Buridan, son premier amant. L'intrigue est une suite d'efforts des deux personnages à se tromper, s'intimider, se tuer; d'où la jeunesse peut retirer d'épouvantables leçons de mensonge, de fourberie, et des maximes qui peuvent justifier le poignard ou le poison dans les rivalités d'amour, de vanité, ou d'intérêt, et enfin pour dernier tableau elle entend un fils maudire sa mère.

L'affluence des spectateurs s'explique par l'attrait de la variété, la beauté des décorations, et les émotions fortes, dont les causes se trouvent en abondance dans la vie des scélérats, menacés sans cesse de la foudre du ciel ou du glaive des lois. Ce sont sans doute les motifs qui font préférer ce genre extraordinaire à nos chefs-d'œuvre et aux tragédies de M. Casimir Delavigne, enfin à tout ce qui n'est pas bizarre, monstrueux et sanglant. Cette préférence prouve au moins l'influence d'un mauvais genre sur le goût du public. Et pour peu qu'il fût susceptible de progrès, on pourrait bien en venir aux combats de gladiateurs.

Nous n'avons, il est vrai, dans *la Nonne sanglante*, que deux femmes poignardées et qu'un homme empoisonné; mais deux incendies, l'éboulement des catacombes, l'espérance de voir un homme pendu sur le théâtre même, remplissent assez lugubrement la scène pour que le spectateur ne désire pas de nouvelles émotions.

Je ne continuerai pas l'analyse de cette pièce dans laquelle il est impossible de ne pas remarquer une grande confusion; point de liaison dans ses parties, et aucun mérite littéraire. Je me demanderai seulement quel fruit la jeunesse peut en retirer.

L'aplomb de Stella dans son apostasie, son sang froid d'incendiaire et d'empoisonneuse, ne pourraient-ils pas raffermir la main tremblante de celui qui, dévoré du poison de la jalousie, saisirait pour la première fois le stylet, le vase mortel ou la torche fatale.

Que trouvons-nous en général dans la plupart de ces productions? Des monstres, et des actions atroces qui nous peignent les mœurs du bagne et l'audace des brigands, sans qu'un seul personnage vertueux vienne partager l'intérêt du public, et en rendant le vice odieux rehausser l'éclat des vertus. Pénétrer l'ame d'horreur est le seul but des auteurs d'aujourd'hui, mais est-ce bien là remplir la mission de l'écrivain?

Lorsque Voltaire voulut peindre les fureurs du fanatisme, il plaça le vertueux Zopire à côté de Mahomet. Laissons à cet égard parler Rousseau.

« Mahomet aurait eu le défaut d'attacher l'admiration

« publique au coupable, si l'auteur n'avait eu soin de « porter sur un second personnage un intérêt de respect « et de vénération, capable d'effacer la terreur que « Mahomet inspire. Mahomet est éclipsé par le simple « bon sens et l'intrépide vertu de Zopire. Il fallait un « auteur qui sentît bien sa force pour oser mettre vis-à-« vis l'un de l'autre deux pareils interlocuteurs. Je ne « connais pas de scène au théâtre français où la main « d'un grand maître soit plus sensiblement empreinte, « et où le sacré caractère de la vertu l'emporte plus « sensiblement sur l'élévation et le génie. Il n'y a per-« sonne qui n'aimât mieux être Zopire que Mahomet, « et sans le respect de Voltaire pour les mœurs et la « vertu, il aurait fait plus de Mahomets que de Zopires. »

Nos auteurs en s'écartant d'une route suivie par nos grands maîtres, s'éloignent aussi de l'objet du drame, qui ne doit être qu'une école de civilisation. Si en développant aux yeux du peuple les suites funestes des passions, on ne l'en garantit pas par de saines maximes; si en lui dévoilant le crime on ne l'exalte pas pour la vertu, la scène dévient nécessairement vicieuse et corruptrice.

Que l'on interroge tous les jeunes gens qui ont assisté aux représentations de *la Nonne sanglante;* on n'en trouvera peut-être pas un qui ne dise que dans la position de Conrad il eût fait comme lui; qu'il fallait nécessairement tuer Stella ou laisser périr Matilde, que conséquemment il n'y avait pas à hésiter. L'exemple est donc pernicieux, puisqu'il peut trouver un aussi grand nombre d'imitateurs; et d'autant plus, qu'en le généralisant il prouverait qu'on peut être homicide sans être criminel.

Si au lieu d'ensanglanter la scène par le meurtre de Stella, l'auteur eût mis dans l'ame de cette femme des sentimens de grandeur et d'héroïsme; s'il lui eût donné de l'élévation et de la générosité, nous n'aurions pas eu alors, il est vrai, de nonne sanglante possédée du démon de la vengeance, tuant, brûlant, remplissant la scène de crimes qui font frémir la nature; il aurait fallu reporter l'intérêt sur une religieuse sublime par ses vertus, grande par ses sacrifices, touchante par son amour. C'eût été, je l'avoue, beaucoup moins dramatique, mais plus utile aux mœurs. Est-il donc absolument nécessaire de sacrifier la morale à des effets de théâtre? s'il en était ainsi, mieux vaudrait cent fois le démolir que d'en faire un moyen de perversion.

Examinons si dans les spectacles d'un autre genre nous trouvons plus de déférence pour les mœurs.

Frétillon est certainement une pièce profondément immorale que MM. Bayard et Décomberousse n'ont pas manqué d'embellir de leur esprit et de leur gaieté. Je ne connais rien de plus corrupteur de la classe des ouvrières que Frétillon.

En effet, une couturière qui passe de la mansarde dans un joli salon, du salon à un hôtel somptueux, qui échange une vie laborieuse et de privations contre une vie de plaisir et d'abondance, le bonnet rond et la robe de toile contre les plumes et la robe de velours, tout cela avec une bonne foi si naïve, car il faut en convenir, Frétillon est une excellente créature, mais effrontément impudique et d'un cynisme dégoûtant. Cependant, elle échappe à tous les écueils qui accompagnent ordinairement la prostitution, la honte, le mépris, la misère; elle ne tombe que pour se relever plus intéressante et plus riche. Durant les cinq actes, l'éclat de son esprit et la générosité de son cœur détournent les regards de la turpitude de sa profession.

Plus d'une grisette sans doute en quittant le théâtre du Palais-Royal aura envié le sort de Frétillon, et soupiré après le moment où elle pourra aussi s'élancer dans une vie de volupté.

L'accueil fait à ce vaudeville, et à tous nos drames modernes, constatant l'influence expansive de la scène sur les sensations du spectateur, il ne reste plus qu'à rechercher l'effet qu'elle peut produire sur les mœurs.

J'appelle influence expansive ce qui développe le germe d'une passion ou d'un goût; et il est incontestable que les sujets dramatiques actuels, par eux-mêmes et les formes qu'on leur donne, substituent l'horreur à la terreur qui suffisait autrefois pour émouvoir profondément: la conséquence de cette innovation s'aperçoit par la préférence que le public accorde aux nouvelles compositions sur nos premiers chefs-d'œuvre : si quelquefois encore on représente au Théâtre-Français une tragédie de Corneille ou de Racine, la salle est toujours vide, ce qui pourrait faire craindre que la licence de la scène ne se glissât un jour dans les mœurs et qu'on ne sifflât pas toujours sur la place publique ce qu'on tolère aujourd'hui au théâtre. Si le sentiment règle toujours le goût et soumet généralement l'esprit à ses affections, qui peut assurer que les obscénités que l'on souffre aujourd'hui au théâtre, en se gravant dans la mémoire, ne finissent pas par corrompre la société ?

Les auteurs, pour se justifier, ne peuvent pas se prévaloir de l'action des mœurs sur la scène; et si toutes les horreurs qu'ils inventent pour amuser la nation la plus douce du monde, attirent la foule, elle n'est conduite que par l'attrait de la nouveauté, par cette insouciance légère que l'on reproche avec quelque justice au caractère français.

Je ne puis m'empêcher de citer ici ce que le tragique le plus soumis aux sentimens de ses contemporains pensait du devoir des auteurs dramatiques envers le public; en parlant de sa tragédie de *Phèdre*, Racine disait :

— « Les moindres fautes y sont sévèrement punies, « la seule pensée du crime y est regardée avec autant « d'horreur que le crime même. Les passions n'y sont « présentées aux yeux que pour montrer tout le dés- « ordre dont elles sont cause; et le vice y est peint par- « tout avec des couleurs qui en font connaître et fuir « la difformité; c'est là proprement, le but que tout « homme qui travaille pour le public, doit se proposer, « et c'est ce que les premiers poètes tragiques avaient « en vue sur toute chose. »

Cette déclaration de principes, faite au nom des gens

de lettres d'alors, ne ferait pas fortune aujourd'hui. On est plus substantiel depuis que les muses ont ouvert boutique. De fortes recettes sont uniquement ce que leurs nourrissons mercantiles ont en vue, et, comme les marchands de remèdes secrets, la meilleure drogue pour eux est celle qui se vend le mieux, dût-elle nuire à ceux qui l'achètent.

Puisse l'Athénée des Arts agréer mes faibles efforts à remplir ses hautes vues de morale. Ainsi que cette réunion distinguée d'hommes célèbres en tout genre, ainsi que tous les hommes jaloux de la gloire nationale, je répudie une scène qui calomnie nos mœurs, flétrit notre littérature, repousse l'ami des hommes, la femme qui sait encore rougir, d'où la jeune fille ne peut sortir sans tache, et le jeune homme sans ressentir moins d'horreur pour le crime.

FIN.

www.ingramcontent.com/pod-product-compliance
Ingram Content Group UK Ltd.
Pitfield, Milton Keynes, MK11 3LW, UK
UKHW020540180726
13839UKWH00006B/2619